cuentos para crecer

Anna Gasol - Teresa Blanch
Ilustraciones de **Jacobo Muñiz**

APRENDIENDO LOS VALORES

Malsinet Editor

Malsinet Editor
www.robinbook.com

Cuentos para crecer

Industria, 11 (Pol. Ind. Buvisa)
08329 Teià (Barcelona)

Coordinación de la edición: Arianna Squilloni

Diseño: Lluís Coma

ISBN: 978-84-96708-50-1

Depósito legal: 43.792-2008

Impreso por Reinbook Imprès, Pol. Ind. Can Calderón, c/ Múrcia 36, 08830 Sant Boi de Llobregat

Impreso en España - *Printed in Spain*

Contenido

Como es bien sabido, lo que distingue a los cuentos tradicionales es su pertenencia a la tradición oral, al hecho de haber sido transmitidos de boca a oreja y no no como el resultado de un trabajo de escritura individual ni tampoco el fruto de la imaginación de una sola persona.

El paso del tiempo ha dado forma a estos relatos y ha dejado sus huellas en las historias contadas. Innumerables cuenta cuentos han sido desde los más remotos tiempos sus creadores y fieles transmisores de la tradición. Los cuentos, así, se convierten en memoria del pasado y a la vez en algo vivo y presente que cada narrador marca inconscientemente con los signos de su época.

Todas las sociedades, incluso las más primitivas, han estado en algún momento en contacto con otros grupos sociales. Y es evidente que todas las comunidades tienen historias que contar.

Tanto si han sido difundidos desde tiempos inmemoriales por navegantes, comerciantes y exploradores, como si permanecen enraizados en la sociedad, lo cierto es que los cuentos aportan valores como la convivencia, la integridad o la solidaridad...

Los cuentos, contados o leídos, propician la comunicación entre los adultos y los niños. A través de esta experiencia literaria, los niños experimentan el placer de la lectura y se plantean interrogantes que despiertan su inteligencia y su imaginación.

Cuentos para Crecer contiene cuentos tradicionales de diversas culturas. Sus héroes son astutos, confiados, tenaces e ingeniosos, y defienden valores como la honestidad, el respeto, el agradecimiento, la paz, la igualdad o el altruismo. Su contenido simbólico puede servir de reflexión a niños y adultos ante los rápidos cambios de la sociedad actual. Dicho todo esto, lo mejor es ponerse manos a la obra, así que pasad página y ¡a leer!

Igualdad

El rey que tenía orejas de asno

Leyenda irlandesa

Un día, un mensajero del rey llamó a la casa de una viuda muy pobre cuyo hijo era barbero. El rey quería que el hijo se presentara en palacio al día siguiente para encargarle un trabajo.

La pobre mujer se quedó muy preocupada porque una vez al año el rey requería los servicios de algún barbero que, por alguna razón, nunca regresaba a casa.

El rey guardaba un terrible secreto: sus orejas eran muy extrañas y, para esconderlas, necesitaba que le recortaran el pelo de una manera especial. Como los barberos descubrían su secreto, el rey los mataba de inmediato para evitar que lo contaran a nadie.

La viuda pidió audiencia al rey y le dijo:

—Por favor, no matéis a mi hijo. No tengo a nadie más en este mundo.

—Le perdonaré la vida con una condición —replicó el rey—, que no cuente nada de lo que vea en el palacio a ningún ser humano.

El hijo acudió a la cita para cortar el cabello del monarca. ¡Qué sorpresa se llevó al verle las orejas! Pero, como sabía que su vida dependía de ello, guardó el secreto.

Pasó el tiempo y la madre se dio cuenta de que su hijo estaba preocupado. No comía ni dormía y no quería explicarle el motivo. Entonces fue a consultar a un druida

que le dijo que la causa de la preocupación del muchacho era debida a que guardaba un terrible secreto que no podía contar a ningún ser humano.

—Sin embargo —siguió explicando el druida—, creo que la solución es que lo susurre a las hojas del sauce que crece junto al riachuelo del bosque.

El joven barbero así lo hizo y, a partir de aquel momento, se sintió liberado de un gran peso.

Poco después, el músico del rey fue a cortar madera de sauce para fabricar un arpa nueva. Una vez acabada, quiso probarla ante el rey y los cortesanos y el arpa comenzó a cantar:

Orejas de asno tiene el rey,
Orejas de asno tiene el rey.

Al principio el rey quedó mudo de terror, pero al ver que nadie se burlaba de él, se dio cuenta de que ya no tendría que esconder nunca más sus orejas de asno.

De realidades diferentes pero todos somos iguales

***I*GUALDAD**. Es un concepto mediante el cual se reconocen a todos los ciudadanos unos mismos derechos, deberes y oportunidades.

La igualdad hace que las personas:

- ✔ sean justas
- ✔ sean imparciales
- ✔ no marginen a los demás

¿*S*ABES CUÁL ES EL CONTRARIO DE LA IGUALDAD? ¡La desigualdad!

Sabías Que...

Los seres humanos no siempre han tenido los mismos derechos. A lo largo de la historia ha habido y sigue habiendo una gran desigualdad entre clases sociales, culturas, razas, creencias e incluso entre hombres y mujeres, que en distintos momentos históricos se ha manifestado por ejemplo en la negación a algunos grupos de personas de algo tan fundamental como el derecho de voto. En algunos países, todavía hoy, las mujeres no pueden trabajar, ir a la escuela o hablar en público. Mientras que en otros lugares se llega a discriminar a las personas por sus tendencias sexuales.

Reflexiona

¿Crees que entre los seres humanos hay desigualdades? ¿Te consideras una persona justa?

La igualdad es uno de los valores fundamentales por los que distintos grupos sociales han luchado a lo largo de la historia, hasta nuestros días. Sin igualdad no habrá respeto. Y sin respeto, la humanidad tenderá al egoísmo y a la indiferencia. Cultivar la igualdad significa poner en práctica los derechos fundamentales de cada individuo.

¡PIENSA… En los niños y las niñas que se ven obligados a abandonar sus estudios, en la falta de oportunidades de niños de familias con pocos recursos económicos, en la discriminación por la diferencia.

…Y ACTÚA! Todos los individuos son iguales y a la vez diferentes. Deja a un lado los prejuicios y recuerda que todas las personas tienen los mismos derechos.

Lo que comienza siendo una pequeña diferencia termina en una desigualdad descomunal.

(Refrán chino)

Justicia

El pleito del panadero

Cuento popular peruano

Había una vez una joven lavandera que todas las mañanas lavaba la ropa de los habitantes de su aldea en la orilla del río. Era muy pobre y le pagaban muy poco por su trabajo. Aun así estaba contenta.

Cerca de la orilla del río, vivía un panadero gruñón y avaro, que siempre estaba de mal humor. Aun así su pan era exquisito.

Cuando la muchacha empezaba su trabajo, un agradable olorcito de pan recién hecho se esparcía a su alrededor y esto todavía la animaba a cantar más y mejor.

—¡Qué olor más bueno! —exclamaba.

Una mañana que el panadero estaba muy enojado, oyó cantar a la muchacha y se asomó a la ventana del horno:

—¡Si tanto te gusta el olor de mi pan, paga por él!

La lavandera se rió y creyó que era una broma.

—Tu pan es el mejor del mundo —afirmó.

—Hoy mismo llevaré el caso a los tribunales —dijo el panadero—, y no pararé hasta que el juez decrete que has de pagar cien monedas de oro por oler mi pan.

Pasados unos días, un alguacil con el rostro muy serio se dirigió a la muchacha.

—Lavandera —dijo alargando un papel—, es una citación judicial para ti. Tienes que estar en el juzgado a las cinco de la tarde.

—No sé leer ¿Puede decirme de qué se trata?

—El panadero te acusa de disfrutar del olor de su pan de forma gratuita.

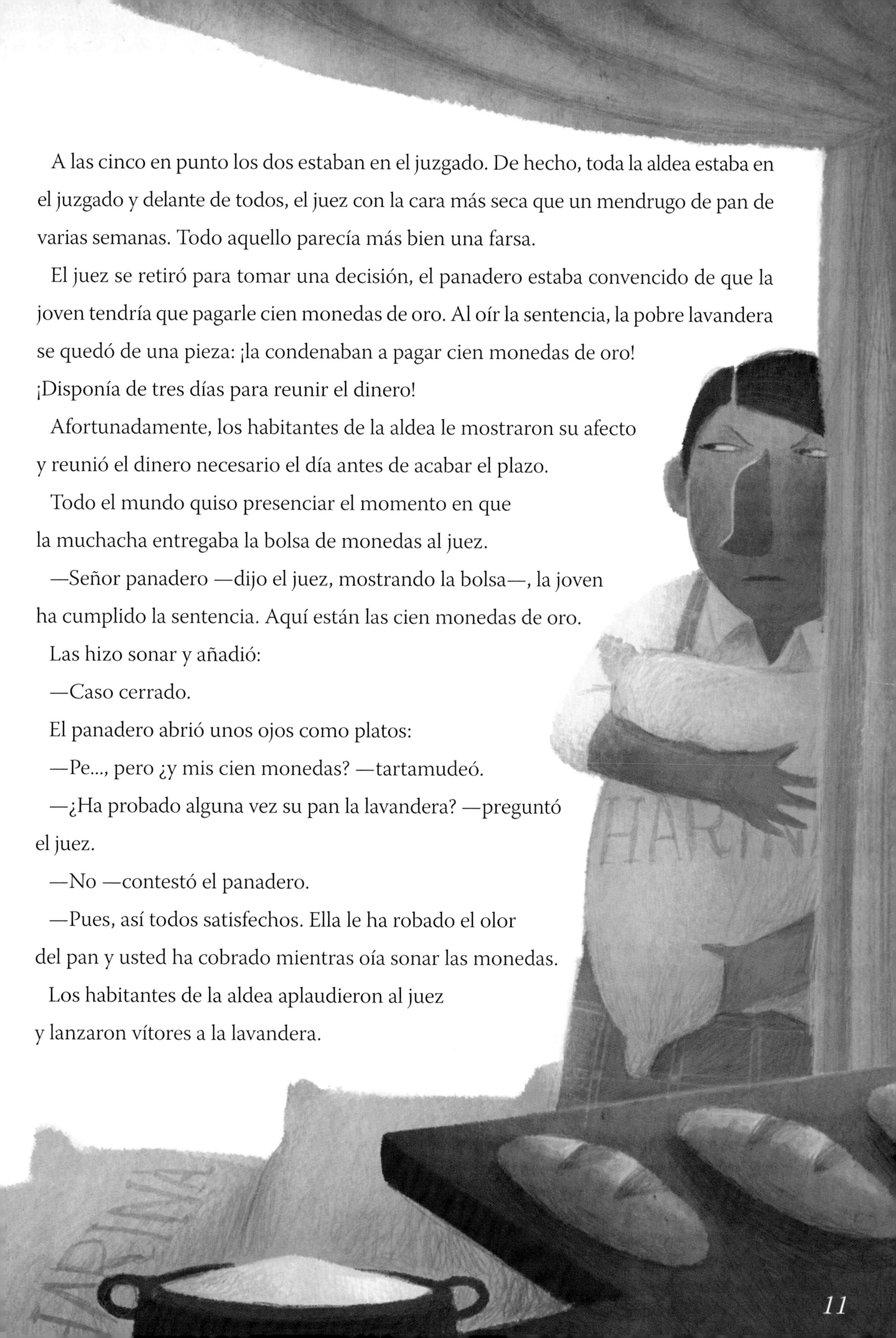

A las cinco en punto los dos estaban en el juzgado. De hecho, toda la aldea estaba en el juzgado y delante de todos, el juez con la cara más seca que un mendrugo de pan de varias semanas. Todo aquello parecía más bien una farsa.

El juez se retiró para tomar una decisión, el panadero estaba convencido de que la joven tendría que pagarle cien monedas de oro. Al oír la sentencia, la pobre lavandera se quedó de una pieza: ¡la condenaban a pagar cien monedas de oro!
¡Disponía de tres días para reunir el dinero!

Afortunadamente, los habitantes de la aldea le mostraron su afecto y reunió el dinero necesario el día antes de acabar el plazo.

Todo el mundo quiso presenciar el momento en que la muchacha entregaba la bolsa de monedas al juez.

—Señor panadero —dijo el juez, mostrando la bolsa—, la joven ha cumplido la sentencia. Aquí están las cien monedas de oro.

Las hizo sonar y añadió:

—Caso cerrado.

El panadero abrió unos ojos como platos:

—Pe..., pero ¿y mis cien monedas? —tartamudeó.

—¿Ha probado alguna vez su pan la lavandera? —preguntó el juez.

—No —contestó el panadero.

—Pues, así todos satisfechos. Ella le ha robado el olor del pan y usted ha cobrado mientras oía sonar las monedas.

Los habitantes de la aldea aplaudieron al juez y lanzaron vítores a la lavandera.

A cada cual lo suyo

***J*USTICIA**. Virtud que inclina a las personas a dar a cada uno lo que le corresponde o pertenece. Conjunto de leyes que hace que las personas reciban los castigos o recompensas que se merecen.

Sabías **Que...**

La balanza es uno de los símbolos universales con el que se identifica a la justicia. Este instrumento para medir el peso sirve para representar la medida más justa que le corresponde a cada individuo. Pero la justicia también aparece simbolizada por la figura de una mujer con los ojos vendados, con una balanza en una mano y una espada en la otra. En un estudio realizado por el Instituto de Tecnología de California se ha descubierto que el sentimiento de justicia reside en la misma zona del cerebro que procesa las emociones.

Una persona justa:

- ✔ reconoce los derechos fundamentales de las personas
- ✔ lucha contra las injusticias
- ✔ valora la dignidad de las personas y es tolerante
- ✔ ejerce sus derechos

¿SABES CUÁL ES EL CONTRARIO DEL JUSTO? ¡El injusto!

Reflexiona

¿Crees que eres justo con los demás a la hora de tomar una decisión difícil? ¿Te indignas ante las injusticias que aparecen en los medios de comunicación?

Para ser justo hay que ser ecuánime y honrado. Ser justo significa saber dar a cada uno lo que le corresponde por derecho, ni más ni menos, y sin discriminar a nadie. De ahí que se hable de justicia, una virtud aglutinadora de todas las virtudes, que evita que la sociedad se rija por el caos. Pero, a pesar de que parezca tan simple, no siempre se ejerce la justicia con imparcialidad, ¡en ocasiones resulta muy difícil equilibrar la balanza!

¡PIENSA… En los conflictos entre las personas, en los abusos, en las injusticias, los delitos, la violencia, la falta de igualdad de oportunidades.

…Y ACTÚA! Reflexiona y déjate llevar por la razón. Ante cualquier toma de decisiones difíciles, valora los pro y los contra, no te dejes llevar por la precipitación y decide de la forma más objetiva posible.

Ser bueno es fácil;
lo difícil es ser justo.
(Víctor Hugo, escritor francés)

Respeto

El respeto al fuego

Cuento popular africano

Un día, cuando los habitantes de la Tierra no conocían el fuego, un cazador perseguía un pájaro de hermosos colores.

De repente lo perdió de vista y, no sabiendo si regresar a casa con las manos vacías, optó por seguir adelante hasta ver una extraña nube en el horizonte.

Nunca había visto nada igual, y quiso acercarse. Tardó mucho más de lo previsto, pues era una nube de humo.

Mientras caminaba, llegó la noche y dejó de ver el humo. Ya estaba a punto de dar la vuelta, cuando vio una luz que parecía salir del suelo.

Sólo conocía la luz de las estrellas y sintió curiosidad. Al acercarse a unas rocas, vio que la luz brillaba como una estrella, aunque le salían lenguas, desprendía humo y además era caliente. La observó durante mucho tiempo y finalmente dijo:

—Te saludo, gran espíritu.

—Bienvenido. Soy el fuego. Puedes acercarte y calentarte, pero tendrás que alimentarme con ramas secas y troncos.

El cazador no salía de su asombro y se dispuso a hacer lo que el fuego le pedía. Al echar ramas más grandes, le sorprendió verlo crecer hasta parecer un gigante.

—Si tienes hambre, caza la liebre que tienes detrás —dijo el fuego.

El cazador mató la liebre, la despellejó y se dispuso a comérsela cruda, como era su costumbre.

—Puedes asarla, si quieres —sugirió el fuego—. La encontrarás más sabrosa.

La palabra asar era nueva para él y no sabía cómo hacerlo. Después de pensarlo, ensartó la liebre en su lanza y la acercó al fuego. La probó y la encontró deliciosa, tanto, que decidió no comer nunca más carne cruda.

Mientras tanto, pensaba llevarse el fuego a casa para tener luz y calor, y poder asar la caza. Se lo propuso, prometiendo que lo alimentaría y lo cuidaría hasta el final de sus días.

—No puedo viajar —repuso el fuego—. Sería peligroso para ti y para los demás seres vivos. Sin embargo, ven siempre que quieras. Promete que no dirás a nadie que me has visto.

El cazador lo prometió y aquella noche durmió al calor del fuego. Por la mañana, se despidió diciendo:

—Gracias, fuego. Volveré pronto.

Al llegar a casa, dio a probar un trozo de carne asada a su esposa, pidiéndole que no contara a nadie su secreto.

El cazador iba con frecuencia a visitar al fuego, para calentarse y asar carne. Poco a poco, aprendió a mantenerlo vivo añadiéndole ramas y hojas secas.

La esposa del cazador no supo callarse y contó a un amigo que su marido salía con frecuencia y regresaba con una carne deliciosa. Un buen día, el amigo siguió al cazador y primero vio el humo y después el fuego.

Se acurrucó entre unos matorrales y esperó que llegara la noche y que el cazador estuviera dormido. Entonces, se arrastró hasta el fuego, sujetó una rama que sobresalía y escapó dejando una estela de chispas por donde pasaba.

Poco después, el fuego consumió la rama y le quemó la mano. Lanzando un alarido de dolor, la dejó caer y siguió corriendo. Al rato, oyó un rugido a su espalda. Se volvió y vio que el fuego lo seguía, con llamas cada vez más grandes.

El fuego devoraba hierbas, arbustos y árboles. Crecía impulsado por el viento y quemaba cuanto encontraba a su paso.

El hombre corrió aterrorizado, tan veloz como se lo permitían sus fuerzas, pero el fuego lo alcanzó, lo rodeó y le impidió avanzar.

Una vez que hubo pasado, el hombre comprobó que podía seguir adelante, pues el fuego no volvía a quemar la zona que había devorado.

El fuego prosiguió su camino hasta llegar a un río que lo detuvo, no sin antes destruir varias aldeas. Sus habitantes se salvaron gracias al río. Cuando vieron que el incendio estaba extinguido, regresaron a las aldeas y comprobaron con pesar que sus reservas de alimentos se habían quemado. Intentaron comer lo que no estaba carbonizado y se sorprendieron al darse cuenta de que los alimentos sabían mejor.

También vieron que las vasijas de arcilla que endurecían al sol no se habían quemado, sino que estaban más duras que antes.

Mientras ocurría esto, el cazador dormía tranquilo junto al fuego de la roca. El rugido del incendio lo despertó y entonces el fuego le dijo:

—Ha venido un hombre a robarme. Ya ves que si salgo de estas rocas la naturaleza queda destruida. Pero puedo ayudaros a endurecer las vasijas para cocinar. Coceré vuestras comidas y también fundiré el hierro para hacer mejores flechas y lanzas para cazar.

Y desde entonces, el fuego ha sido un buen aliado de los hombres, siempre que lo han tratado con respeto.

Respeta y te respetarán

***R*ESPETO**. Del latín *respectus*. Es la actitud de las personas tolerantes, capaces de aceptar las opiniones de los demás y su forma de actuar.

Una persona respetuosa:

- ✔ cumple las normas y las leyes
- ✔ entiende las opiniones y la manera de hacer de otros
- ✔ trata con amabilidad a las personas, a los animales, a la naturaleza y a todo lo que la rodea

¿SABES CUÁL ES EL CONTRARIO DEL RESPETUOSO? ¡El irrespetuoso!

Sabías Que...

Los historiadores y científicos aseguran que los hombres primitivos descubrieron el fuego de forma accidental, por culpa de la explosión de volcanes o bien de la caída de rayos durante fuertes tormentas.

Sin embargo, una vez obtenido el fuego, les resultaba difícil mantenerlo vivo para que no se apagara y se vieron obligados a hacer turnos para cuidarlo. Si en algo estaban todos de acuerdo era en respetar al fuego, ese elemento mágico que les permitía asar la caza, defenderse de los animales y calentarse en épocas de frío.

Reflexiona

¿Respetas las señales y los carteles? ¿Eres considerado con los ancianos? ¿Respetas a todas las personas aunque sean de otro barrio, pueblo o país?

El respeto es un valor basado en la ética y en la moral. Ser respetuoso implica aceptar y comprender maneras de pensar y actuar distintas a las nuestras. Ser respetuoso significa tratar con sumo cuidado todo aquello que nos rodea. Ser respetuoso es preservar la naturaleza y los animales.

¡PIENSA… En el abandono de algunos animales de la mano del hombre, en la destrucción de la naturaleza, en la violencia doméstica y callejera y en el acoso escolar.

…Y ACTÚA! Nuestra relación con los demás debe basarse en el respeto a la dignidad de todo ser humano. Un ambiente de respeto conlleva cordialidad, paz, armonía, etc. Y no olvides que, tal como dijo en una ocasión el filósofo francés Voltaire, quizá no estés de acuerdo con las ideas de los demás, pero siempre debes defender su derecho a expresarlas.

Siempre es más valioso
tener el respeto
que la admiración
de las personas.

(Jean Jacques Rousseau, filósofo francés)

Paz

El gigante de Escocia

Leyenda irlandesa

Fionn y su esposa Una vivían en su castillo a orillas del mar en el condado de Antrim, en el norte de Irlanda.

Un día llegó un mensajero de Escocia. Venía de parte del poderoso Angus, el gigante más alto, más fuerte y más temible de toda Escocia. Quería luchar con Fionn porque ya había derrotado a todos los gigantes y sólo le faltaba luchar con Fionn.

Fionn aceptó el reto y empezó a prepararse. Decidió construir una calzada para unir Irlanda y Escocia. Era un arrecife poco habitual, formado por centenares de miles de gigantescas rocas negras, todas ellas de diferentes dimensiones y formas.

Los habitantes de su región lo observaban sorprendidos mientras la larga calzada se extendía por el mar.

Una noche, al regresar a casa, Fionn vio que Una estaba preocupada.

Al preguntarle la causa, ella dijo:

—He oído que Angus es mucho más grande que tú y mucho más fuerte.

—Si no puedo vencerlo por la fuerza, idearemos un plan —contestó Fionn—. Puede que no sea más fuerte, pero soy más inteligente.

Hablaron durante muchas horas, sin encontrar una solución. Poco tiempo después, volvió el mensajero de Angus para decir que el gigante llegaría al cabo de dos días.

—Dile que Fionn lo espera —anunció Una.

Durante los dos días siguientes, Una no paró de tejer y de coser.

—Creía que tenías un plan —exclamó Fionn decepcionado—. Pero sólo estás tejiendo una ropa muy rara.

—¡Vístete, rápido! —y le entregó una túnica larga, unos peucos y un gorro de dormir—. He hecho construir una gran cuna. ¡Métete dentro! ¡No podemos perder tiempo!

Angus se acercaba ya haciendo retumbar el suelo con sus pasos.

—¿Dónde está Fionn? ¿Acaso me tiene miedo? —gritó abriendo la puerta.

—Entra, por favor. Está cazando, pero llegará enseguida. ¿Puedes hablar un poco más bajo para no despertar a nuestro bebé? —dijo Una.

Angus abrió unos ojos como platos. En la cuna dormía el bebé más grande que había visto jamás.

—Si este bebé es hijo de Fionn —pensó— ¿cómo debe ser él? Debe ser enorme.

Salió corriendo y se dirigió a la calzada.

Mientras iba corriendo, pensó:

—¿Qué haré si Fionn me persigue?

Para evitarlo, empezó a levantar las piedras de la calzada y a echarlas lejos en el mar. Cuando llegó a Escocia, sólo quedaban unos metros de rocas que sobresalían del mar en la costa de Irlanda.

Esta parte del arrecife es la que ha perdurado hasta nuestros días con el nombre de la Calzada de los Gigantes.

Aprende a conocerte, a ser solidario y a comunicarte

PAZ. La palabra paz proviene del latín *pax*. A nivel individual, es un estado de tranquilidad no turbado por molestias, peleas o sentimientos negativos. A nivel social, consiste en el entendimiento y las buenas relaciones entre los grupos, clases o estamentos sociales dentro de un país. Según el Derecho Internacional, es un convenio o tratado que pone fin a una guerra.

Sabías Que...

Hay dos símbolos gráficos que designan universalmente la paz: una paloma blanca que sostiene una rama de olivo en el pico y que, en el episodio bíblico del arca de Noé, es la señal de que el diluvio universal ha terminado. El otro es un círculo con cuatro líneas en su interior, formando la huella de la pata de un ave. Este símbolo nació para promover el desarme nuclear, pero pronto pasó a simbolizar el ansia de paz.

Una persona pacífica:

- ✔ confía en sí misma y sabe escuchar a los demás
- ✔ coopera con el grupo y es solidaria
- ✔ resuelve los conflictos con creatividad

¿SABES CUÁL ES EL CONTRARIO DEL PACIFISTA? ¡El violento!

Reflexiona

¿Aceptas el punto de vista de otras personas? ¿Cómo solucionarías una situación de violencia escolar? ¿Te interesas por conocer la cultura de otros países?

La paz implica libertad, igualdad, solidaridad, tolerancia, promulgación de leyes justas en una sociedad en la que todos comparten el derecho a vivir con normalidad.

En defensa de la esperanza de cambio sin acudir a la violencia surgió el pacifismo. Entre sus defensores están el político hindú Mahatma Gandhi; el líder del Movimiento por los Derechos Civiles en Estados Unidos, Martin Luther King; y el arzobispo de El Salvador, Óscar Romero. Los tres murieron asesinados por defender la paz.

¡PIENSA... en los niños que sufren cualquier tipo de explotación, en los refugiados a causa de la violencia que asola a sus países, en las personas que sufren una guerra.

...Y ACTÚA! Practica todos los días la conquista de los derechos humanos: sé tolerante, comprensivo, no violento, solidario... Así, ayudarás a construir un futuro de paz.

Si la humanidad no pone fin a la guerra, la guerra acabará con la humanidad.

(John Fitzgerald Kennedy, trigésimo quinto presidente de EE.UU.)

Altruismo

El león de piedra

Cuento popular tibetano

Hace mucho tiempo, en un valle del Tibet, vivían una madre y sus dos hijos. La mujer era viuda y había tenido que criar a sus hijos sin ayuda de nadie. Y, a pesar de que los había educado de igual forma, los dos muchachos tenían un carácter muy distinto.

El mayor era cruel y egoísta. El pequeño tenía buen corazón y era generoso, aunque muy torpe para el trabajo.

Una mañana el hermano mayor le dijo al pequeño:

—Por tu culpa siempre vamos retrasados en las tareas del campo. Márchate.

El hermano pequeño pensó que era mejor buscar fortuna en otro lugar. Sin embargo la madre de los muchachos, que lo había oído todo, dijo:

—Si se va, me iré con él.

Entonces, el hermano mayor, lleno de rabia, exclamó:

—¡Iros los dos!

Así, madre e hijo se alejaron del valle hasta que encontraron una pequeña cabaña abandonada, y se quedaron a vivir en ella.

Cada mañana, el hijo pequeño cortaba leña en el bosque y luego la vendía en la aldea más cercana. Un día, en un lugar cubierto de maleza, el muchacho encontró una gran piedra que tenía forma de león. Pensó que era el león protector del bosque, así que se apresuró a la aldea para comprar un par de farolillos que colocó a uno y otro lado de la piedra, y los encendió.

—¡Que la suerte no me abandone! —murmuró el joven.

Y, ante su sorpresa, el león de piedra sonrió.

—¿Se puede saber qué susurras? —rugió el león.

El joven se echó hacia atrás muerto de miedo y dijo al león de piedra que deseaba que su buena suerte no le abandonara porque desde que no estaba con su hermano ya no era torpe con el trabajo.

El león de piedra escuchó con atención:

—Mañana ven con un cubo grande y lo llenaré de monedas.

Al día siguiente, el joven compró un cubo y fue en busca del león de piedra.

—Coloca el cubo bajo mi boca. Cuando esté prácticamente lleno de monedas de oro, avísame y cerraré la boca. No debe caer ni una sola moneda al suelo.

El joven asintió y siguió las instrucciones del león.

—¡Basta! —exclamó cuando el cubo estaba casi lleno.

El león cerró la boca y las monedas dejaron de caer.

—Vete —dijo el león de piedra— y comparte tu fortuna con tu madre.

—Gracias —dijo el joven antes de irse.

Enseguida madre e hijo buscaron una casa más cómoda y abrieron un comercio en la plaza de la aldea.

Mientras, en el valle, el hijo mayor se había casado con una joven que, como él, era cruel y egoísta. Cuando se enteraron de la buena suerte del hermano pequeño, les faltó tiempo para ir a verlo.

La madre y el hermano pequeño los acomodaron en la nueva casa y les contaron cómo habían conseguido su fortuna e incluso dónde podían encontrar al león de piedra.

El hermano mayor no perdió ni un segundo y corrió en busca del león cargado con un par de farolillos y un cubo enorme. Al llegar, encendió los faroles, colocó el cubo bajo la boca y esperó a que el león despertase.

—¿Quién eres? —preguntó el león enojado.

—Soy el hermano del joven al que enriqueciste. Quiero que hagas lo mismo conmigo.

—Cuando el cubo esté casi lleno, avísame. No debe caer ni una sola moneda al suelo.

Cuando el oro empezó a brotar de la boca del león, la avaricia se adueñó del joven; el cubo rebosaba y las monedas de oro caían al suelo. Entonces el león se detuvo y dijo:

—Me he atragantado, introduce tu mano en mi garganta y saca la enorme moneda que se me ha atravesado.

El joven metió la mano en la boca y, cuando tenía el brazo hasta el fondo, el león cerró sus fauces y se convirtió de nuevo en piedra.

—¡Abre la boca! —gritó el muchacho sin éxito. Mientras, las monedas del cubo se convirtieron en piedras y barro.

Al anochecer, la esposa del hermano mayor fue en busca de su esposo. ¡Lo halló muerto de frío y sollozando sin consuelo!

—¡León, abre la boca! —gritó la mujer.

Todo fue inútil. Pasaron los días, y la esposa tuvo que vender todo lo que tenían para poder alimentar a su marido, aprisionado en la boca del león.

—Ya no tenemos nada más que echarnos a la boca —dijo un día la mujer.

Al oírla, el león de piedra soltó una sonora carcajada y abrió la boca. Sin pensarlo, el joven sacó su pobre brazo medio dormido.

Al regresar, la madre y el hermano menor no dudaron en utilizar parte de su riqueza para comprarles tierras con las que empezar de nuevo.

Echa una mano

***A*LTRUISMO**. Palabra que proviene del francés *altruisme*. Es la actitud que muestra la persona que ayuda a otra persona o a una causa sin pedir nada a cambio.

Una persona altruista:

- ✔ hace cosas por los demás sin que se lo pidan
- ✔ hace cosas por los demás y ni siquiera espera que le den las gracias
- ✔ hace cosas por los demás sin esperar absolutamente nada a cambio

Sabías Que...

Estudios científicos han demostrado que el ser humano es altruista por naturaleza. Se calcula que el altruismo comienza a manifestarse en los bebés de dieciocho meses.

Entre algunos animales, como es el caso de los gorilas, también se han detectado casos de altruismo. Por ejemplo, en una ocasión, un gorila hembra rescató a un niño pequeño que había caído accidentalmente dentro de la jaula de los primates.

¿SABES CUÁL ES EL CONTRARIO DEL ALTRUISTA? ¡El egoísta!

Reflexiona

¿Cedes tu asiento a las personas mayores en el autobús o en el metro? ¿Ayudas a otras personas cuando están en apuros? ¿Colaboras en casa sin pedir nada a cambio? Las personas que poseen el valor del altruismo desarrollan una capacidad innata para ayudar a los demás de forma voluntaria. Cualquier momento es bueno para colaborar.

Los altruistas suelen pasarlo mal con el sufrimiento de las personas. En cambio se sienten bien cuando los demás están contentos. Lo cierto es que si las personas fueran un poco más altruistas, viviríamos en un mundo mucho más tolerante, noble y solidario.

¡PIENSA... En la desigualdad entre los países más pobres y más ricos, en la falta de recursos de las personas más necesitadas, en los niños que se ven obligados a trabajar para subsistir, en la gran cantidad de ancianos que viven solos.

...Y ACTÚA! Con la ayuda desinteresada y la generosidad conseguirás mejorar el entorno y las condiciones de vida de la sociedad.

Lo mejor para ti;
lo malo para mí;
lo peor
para ninguno
de los dos.
Así soy yo.
(Refrán popular)

El reconocimiento

Cuento popular de Filipinas

Un campesino de las montañas se sentía aislado y triste y tomó la determinación de cambiar de vida. Un viajero le habló de la belleza de la hija del rey y el campesino decidió casarse con ella. Así pues, se puso en camino hacia la corte.

Caminó durante días y llegó a orillas de un río. Vio a un grupo de personas que chillaban y gesticulaban. Se acercó y se dio cuenta de que un niño torturaba a una hormiga antes de matarla, y todos lo animaban.

—¿Por qué queréis matarla? —preguntó.

No supieron qué responder y la dejaron en paz.

El campesino reemprendió la marcha siguiendo la orilla del río hasta llegar a una aldea. Allí vio a un grupo de personas gritando. Se acercó a una niña que torturaba a una luciérnaga, antes de matarla.

—¿Por qué queréis matarla? —preguntó.

No supieron qué responder y dejaron en libertad a la luciérnaga.

Al atardecer de aquel día, llegó a otra aldea y vio que sus habitantes gritaban y gesticulaban y que la causa era que querían matar a una ardilla.

—¿Por qué queréis matarla? —preguntó.

No supieron qué responder y dejaron en libertad a la pobre ardilla.

Finalmente llegó a la corte. Se presentó ante el rey y le pidió casarse con su hija.

El rey dijo:

—Si en tres horas llenas esta cesta con los granos de arroz que mi sirviente sembrará en el camino de palacio, podrás casarte con ella.

—Lo intentaré.

Empezó a recoger los granos de arroz pero, a la media hora, había llenado una cáscara de coco. El joven se sentó al borde del camino y sollozó.

—¿Por qué lloras? —le preguntó una vocecita.

Miró al suelo y vio a la hormiga que había salvado. Le contó su desgracia. La hormiga llamó a millares de hormigas y llenaron la cesta de arroz.

Cuando el joven se presentó con la cesta llena, el rey dijo:

—Ahora tienes que recoger todos los cocos de esa palmera.

La palmera era tan alta que su copa se perdía entre las nubes.

—Lo intentaré.

Empezó a trepar por el tronco, pero pronto cayó al suelo. Se quedó allí sentado, llorando desconsolado.

—¿Por qué lloras?

Miró el tronco y vio a la ardilla que había salvado. Le contó su desgracia y la ardilla trepó y lanzó todos los cocos al suelo. El joven los recogió y los llevó al rey.

—Te casarás con mi hija —dijo el rey que pensaba que el joven era muy listo.

El rey tenía siete hijas, pero el joven sabía que la pequeña era la más hermosa y era ésta con la que quería casarse. Por la noche, lo condujeron a los aposentos de sus hijas y lo dejaron allí para que escogiera a la que debía ser su esposa. Pero estaba tan oscuro, que el joven no veía nada y empezó a llorar.

—¿Por qué lloras? —y vio que la luciérnaga que había salvado se había colocado en su hombro.

—Quiero casarme con la más joven de las hijas del rey, pero está tan oscuro que no puedo reconocerla.

—Me pondré en su nariz y cuando veas una pequeña lucecita, sabrás que es ella. —Y así lo hicieron.

Al día siguiente, el rey se alegró de tener por yerno a un joven tan listo como el campesino.

¡Muestra tu auténtico agradecimiento!

AGRADECIMIENTO. Es un sentimiento de gratitud por algo que se ha recibido de otra persona.

Sabías Que...

El agradecimiento es una cualidad que muestra la madurez, la salud psicológica y la calidad humana de una persona.

Además comporta adquirir compromisos, ya que la persona agradecida está en deuda de alguna manera con la persona o las personas que la han ayudado.

En mayo de 2007 la Asociación Nacional de Educación de EE.UU. preguntó a los profesores de las escuelas públicas del país qué regalo les gustaría recibir de sus alumnos. Casi la mitad de los maestros dijo que un simple «gracias» sería suficiente.

Una persona agradecida:

- ✔ sabe dar a cambio de nada
- ✔ muestra sentimientos de emoción, afecto, lealtad, fidelidad y admiración
- ✔ sabe ver el lado positivo de las cosas

¿SABES CUÁL ES EL CONTRARIO DEL AGRADECIDO? ¡El ingrato!

Reflexiona

¿Cómo demuestras tu gratitud hacia los demás? ¿Quieres agradecer algo pero todavía no lo has hecho? ¿Qué es lo que más agradeces a tu familia?

Las madres y los padres son el mejor ejemplo de entrega, porque dan a cambio de nada. Por eso son agradecidos y se sienten satisfechos cuando sus hijos tienen detalles con ellos. Una persona agradecida sabe sonreír y no se deja llevar por el resentimiento o la envidia.

¡PIENSA… En la tristeza que provocan las personas orgullosas e ingratas que olvidan o desprecian los favores que han recibido. Convivimos en un mundo que funciona gracias al esfuerzo de muchas personas.

…Y ACTÚA! Mostrando tu agradecimiento a los que te quieren, a los que saben escucharte cuando lo necesitas, a los que te animan a ver el lado positivo de las cosas, a los que comparten tus juegos, a los que te ayudan a crecer como persona...

Nuestro descontento
por aquello de
lo que carecemos
proviene de nuestra
falta de gratitud
por lo que tenemos.
(Daniel Defoe, escritor inglés)

Integridad

El pájaro que canta para curar

Cuento popular asiático

Un anciano rey de unas islas se quedó ciego. Nadie podía curar su enfermedad y llamaron a un mago que dijo:

—El rey recobrará la vista si oye el canto de un pájaro cuyas plumas son rojas como la aurora.

Sin embargo, el mago no sabía dónde podían encontrarlo.

El rey tenía dos hijos gemelos que decidieron ir en busca del remedio que curaría a su padre. Uno se dirigió hacia el sur y, después de caminar varios días, llegó a una ciudad en la cual se sucedían las fiestas y los bailes sin parar. El príncipe se puso a bailar con los demás y olvidó el motivo de su viaje.

El otro hermano se dirigió hacia el norte y fue gastando todo el dinero que llevaba ayudando a la gente que lo necesitaba. Un día, cuando ya no le quedaba nada, se detuvo bajo una higuera para comer unos cuantos higos maduros.

—¿Por qué estás tan triste? —le preguntó un pájaro de negro plumaje que estaba en lo alto del árbol.

El príncipe le habló de su temor a no encontrar nunca el pájaro rojo.

—Cruza este bosque, y hallarás un muro. Detrás, vive una mujer alada, que es la guardiana del pájaro que buscas. Pero ten cuidado con las serpientes que vigilan la casa. Si las ves con los ojos cerrados, no pases porque están despiertas. Cuando duermen tienen los ojos abiertos, y entonces no corres peligro.

—¿Cómo podré agradecer tu ayuda? —preguntó el príncipe.

—Cuando heredes el reino de tu padre, vendré a reclamarte la mitad de todo lo que poseas.

—Tuya será —afirmó el príncipe antes de adentrarse en el espeso bosque.

Llegó al muro y se asomó para vigilar a las serpientes que en aquel momento tenían los ojos abiertos de par en par. Dándose prisa, entró en la casa y fue recibido por la mujer alada, una joven tan bella que el príncipe contuvo la respiración al verla. En su hombro, un pájaro de plumas rojas cantaba dulcemente.

—Estoy prisionera en esta casa y sólo podremos salir cuando las serpientes estén dormidas —dijo la joven.

Las serpientes no abrieron los ojos durante los tres años siguientes. El príncipe y la joven alada se casaron y vivieron felices a la espera de poder huir de allí.

Finalmente, un buen día, las serpientes se durmieron de nuevo y los dos jóvenes aprovecharon para escapar. Una vez fuera, se dirigieron sin perder tiempo hacia el palacio del príncipe. Antes de llegar, la joven le entregó un anillo como prenda de su amor por él, luego se detuvieron ante las puertas del palacio de su padre y aguardaron la llegada del hermano. De esta forma, ambos podrían mostrar el pájaro a su padre.

Pocos minutos después, apareció el hermano. Al ver el pájaro, la envidia se adue-

ñó de él. Enseguida se las ingenió para alejar a su hermano de la joven y del pájaro y llevarlo hasta un pozo con el pretexto de beber agua. A continuación, le pidió que bajase hasta el fondo del pozo con una cuerda. Cuando el hermano confiado estuvo en el interior del pozo, el otro cortó la cuerda y fue en busca de la joven. Instantes después, el príncipe envidioso entró en el palacio con la joven y el pájaro, pero no logró hacerlo cantar en presencia del rey.

Mientras, el pájaro negro de la higuera se convirtió en hombre y fue a salvar al príncipe que se encontraba en el interior del pozo.

Una vez fuera, el príncipe se dirigió al mercado y pidió a un sirviente de la cocina de palacio que le buscara un trabajo. Fue contratado como ayudante de cocina.

Un día, la joven alada pidió sopa para cenar y el ayudante de cocina puso el anillo dentro de su plato. Aquella noche, la joven dejó la puerta de su habitación abierta y en cuanto el príncipe entró, el pájaro se puso a cantar con unos trinos tan melodiosos que los ojos del anciano rey recobraron la vista al instante.

El rey hizo desterrar a su otro hijo por haber sido tan falso y a partir de entonces vivieron felices los tres. A la muerte del anciano rey, le sucedió su hijo.

Poco después, llegó un hombre a palacio y le dijo:

—Vengo a recordarte tu promesa de darme la mitad de todo lo que posees.

El joven rey no se hizo rogar y, después de entregarle la mitad de todas sus riquezas, tomó la espada e hizo ademán de dividir en dos a su esposa. El hombre lo detuvo diciendo:

—Sólo he venido para comprobar que sabes cumplir tus promesas. Serás un rey digno y justo.

Devolvió todas las riquezas al nuevo rey, se convirtió en pájaro y desapareció para siempre.

Siempre con la verdad por delante

***I*NTEGRIDAD**. Procede de la raíz latina *integer*, la misma que la palabra «entero». La integridad es la calidad de ser íntegro. Una persona íntegra es honesta, honrada e intachable. Es una persona que defiende siempre lo que le parece correcto.

Una persona íntegra:

- ✔ vive sin engaños y es transparente, clara y sincera
- ✔ no soporta las injusticias ni es corrupta
- ✔ es responsable y reconoce sus errores
- ✔ cumple con su palabra

¿SABES CUÁL ES EL CONTRARIO DEL ÍNTEGRO? ¡El corrupto!

Sabías Que...

Es íntegro el comerciante que no abusa de los precios. También es íntegro el industrial que elabora productos de buena calidad a precios justos.

La integridad puede referirse a las personas, de acuerdo con las aptitudes que poseen; a los datos de una base de datos, que podrían ser alterados por alguien; a la moral, por la capacidad del ser humano para decidir sobre su comportamiento por sí mismo.

Reflexiona

¿Dices siempre la verdad? ¿Cumples tus promesas? ¿Hablas con sinceridad? ¿Dices lo que piensas? ¿Cómo te comportas con tus amigos? ¿Cómo actúas en tu día a día?

Los seres humanos deberían caracterizarse por su integridad. Pero, por desgracia, no puede decirse que todo el mundo sea íntegro. Hay personas que engañan, acosan, hacen trampas, incumplen normas y compromisos… ¡Ser íntegro no es tan fácil! Hay que comenzar siendo honesto con uno mismo, y luego será mucho más fácil ser honrado con los demás. Tal como dijo el poeta latino Juvenal, la integridad de las personas se mide por su conducta, no por sus profesiones.

¡PIENSA… En cómo eres, piensas y sientes.

…Y ACTÚA! Sé sincero contigo mismo y procura no perder nunca de vista la verdad, la sencillez y la humildad.

No procures parecer singular, sino en el bien decir y en el bien obrar.

(Refrán popular)

Solidaridad

Las monedas de las estrellas

Jacob y Wilhelm Grimm

Había una vez una niña huérfana de padre y de madre. Era tan pobre que ni siquiera tenía una casa donde vivir ni una cama donde dormir... Tan pobre era, que solamente le quedaba la ropa que llevaba puesta. Lo cierto es que nunca le faltaba un pedacito de pan para comer, pues siempre encontraba a alguna persona caritativa que se apiadaba de ella.

A pesar de ser tan pobre, la huerfanita era muy buena y compasiva y, como no tenía a nadie que cuidase de ella, decidió caminar por el campo confiando en la divina Providencia.

Un día, encontró a un pobre hombre que le dijo:

—Por favor, niña, dame algo para comer, pues me muero de hambre.

—Sólo tengo este trozo de pan —dijo la niña alargándole el pan.

El hombre le dio las gracias y ambos siguieron su camino.

El día siguiente amaneció muy frío. La niña se topó con un niño pequeño que se le acercó y dijo:

—Tengo mucho frío en la cabeza. Por favor, ¿puedes darme algo para taparme?

La niña se quitó el gorro de lana que llevaba puesto y se lo entregó para que pudiera taparse la cabeza.

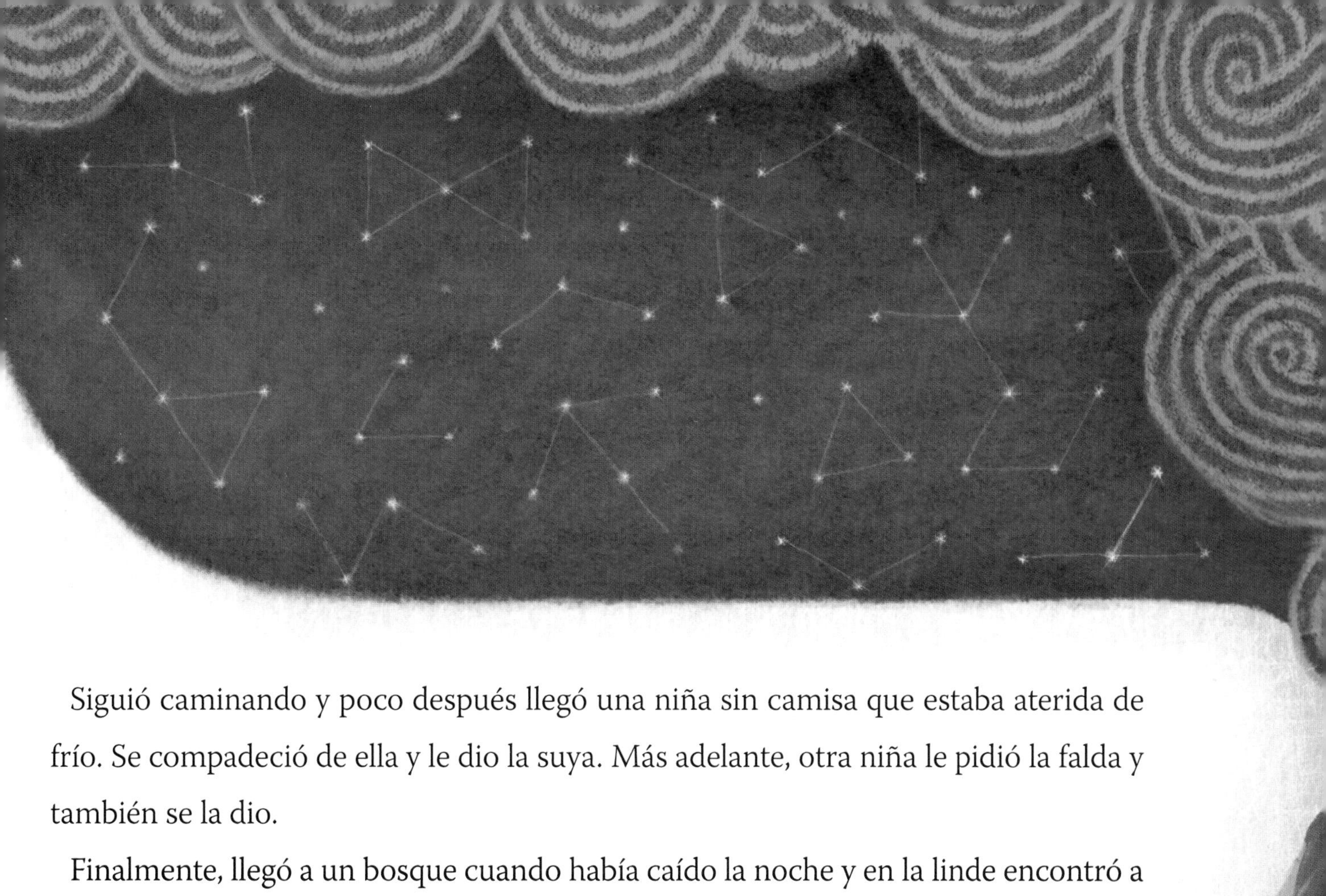

Siguió caminando y poco después llegó una niña sin camisa que estaba aterida de frío. Se compadeció de ella y le dio la suya. Más adelante, otra niña le pidió la falda y también se la dio.

Finalmente, llegó a un bosque cuando había caído la noche y en la linde encontró a otro niño tiritando de frío.

—Es de noche y hace mucho frío —pensó la niña—, puedo darle mi camiseta.

Así lo hizo. Todo lo que le quedaba ahora era una camisa de lino fino para resguardarse de la noche helada.

De pronto, mientras pensaba si debía adentrarse en el bosque para buscar un lugar donde pasar la noche, cayeron sobre ella las estrellas del cielo y se convirtieron en monedas de oro.

La niña guardó las monedas en la falda de su camisa y fue rica durante el resto de su vida.

Únete a los demás

SOLIDARIDAD. Designa la adhesión y participación en los problemas y causas de otros. Está basada en la igualdad universal que une a todas las personas.

Una persona solidaria:

- ✔ se involucra en los problemas de los demás
- ✔ busca el bien común y no es egoísta ni individualista
- ✔ sabe mostrar empatía, es decir, sabe ponerse en el lugar de otras personas

¿SABES CUÁL ES EL CONTRARIO DEL SOLIDARIO? ¡El insolidario!

Sabías Que...

Una Organización No Gubernamental (ONG) es una entidad formada por un grupo de personas voluntarias que se crea independientemente de los gobiernos y de los organismos internacionales. Las ONG luchan por una gran variedad de problemas que afectan a la humanidad.

Una de las primeras ONG es la Cruz Roja que, entre otras actividades, presta ayuda a todos los heridos en los campos de batalla y evita tomar parte en las hostilidades para poder ser imparcial y llevar a cabo su tarea de la mejor manera posible.

Reflexiona

¿Te consideras una persona solidaria? ¿Realizas alguna tarea de voluntariado en tu comunidad? ¿Participas en actividades populares?

Ser solidario significa unirse a otras personas y grupos para compartir sus problemas e intereses, implicarse en sus acciones, denunciar las injusticias y luchar por un objetivo común. Pero, para ser solidario, no hay que involucrarse solamente en problemas internacionales y de países menos favorecidos, sino que frente a nosotros, en nuestras mismas ciudades y barrios, hay personas que también requieren de nuestra solidaridad.

¡PIENSA… En los países del tercer mundo, en los cambios climáticos, en la desaparición de muchas especies de animales por culpa de la mano del hombre, en las guerras...

…Y ACTÚA! Todos necesitamos de todos en nuestro mundo. Somos seres humanos con los mismos derechos. Por consiguiente, debemos ser fieles con los amigos, compasivos con los que sufren y no perder de vista su dignidad como personas.

La reunión en el rebaño obliga al león a acostarse con hambre.

(Proverbio africano)

Perseverancia

El dragón azul y el dragón amarillo

Cuento popular coreano

Había una vez un emperador que quería adornar la sala del trono con el mejor tapiz jamás visto.

Llamó al pintor más célebre de su imperio que vivía en una cueva alejada de la capital y le contó su deseo: el tapiz debía contener dos dragones, uno azul y otro amarillo, para simbolizar el poder y la paz de su reinado.

El pintor solicitó una tela de seda negra, que debía ser de la seda más fina jamás tejida. Mientras tanto, él prepararía en su cueva el diseño de los dragones.

El emperador mandó fabricar la seda más fina. Para ello tuvieron que escoger con cuidado los gusanos de seda y alimentarlos con las más selectas hojas de morera. Tardaron varios años en conseguir suficiente hilo de seda, y entonces surgió otro problema: era tan fino que había pocos artesanos capaces de tejerlo, por lo que tuvieron que buscar a los mejores artesanos del imperio para una labor tan delicada.

Una vez terminada la tela, era tan fina y hermosa que el emperador mandó enmarcarla en marfil. Después envió un mensajero a buscar al pintor.

El pintor hizo saber al emperador que todavía no tenía preparado su trabajo y le pedía un poco más de paciencia.

Pasado un tiempo, el emperador envió a otro mensajero para recordar al pintor que la tela ya estaba preparada. El pintor, por su parte, pidió un nuevo aplazamiento diciendo que no había acabado sus bocetos.

Finalmente, al emperador se le acabó la paciencia y mandó traer a su presencia al pintor, que esta vez siguió al mensajero hasta la corte. Al llegar ante el emperador, dijo que estaba preparado para pintar los dragones y pidió pintura amarilla, pintura azul, y dos pinceles largos.

Se acercó a la tela y con un golpe de pincel trazó una línea amarilla. Luego, trazó una única línea azul. Dejó los pinceles y dio por finalizado su trabajo.

Avisaron entonces al emperador que se precipitó a la sala del trono para admirar el tapiz más bello del mundo. Al no ver más que dos gruesas líneas, una amarilla y otra azul, pensó que el artista había querido burlarse de él. Se encolerizó muchísimo y viendo que el pintor hacía una reverencia para marcharse, llamó a la guardia, mandó que lo encarcelaran e hizo descolgar el tapiz de la sala del trono.

Aquella noche, el emperador no pudo conciliar el sueño. En la oscuridad de su habitación, las dos líneas, una amarilla, otra azul, pasaban una y otra vez ante sus ojos. Cuando cerraba los párpados, las dos líneas, una amarilla, otra azul, iban y venían y parecían crecer y moverse. Ante la sorpresa del emperador, las dos líneas

se convertían en dragones, rápidos y poderosos. Parecían vivos, fuertes y ágiles. Su fuerza, poder y agilidad quedaban reflejadas en aquellas dos líneas que el pintor había trazado sobre la maravillosa seda.

Después de una noche en vela, admirando los dos dragones que había simbolizado el pintor, decidió descubrir el secreto del artista que había realizado semejante obra maestra.

Al despuntar el día, mandó ensillar su caballo y, con una escolta, se dirigió a la cueva donde había trabajado el pintor. Una vez allí, encendieron antorchas y, en las paredes de la entrada, el emperador vio reflejados dos enormes dragones, uno azul, otro amarillo, con una fecha al pie: el día que el emperador había hecho el encargo. A lo largo de todas las paredes de la cueva, diversas imágenes de dragones azul y amarillo, evolucionaban y mostraban el ingente trabajo que había realizado el pintor a lo largo de aquellos años para llegar a resumir su enorme poder en dos únicos trazos.

Sorprendido y satisfecho, el emperador mandó a su séquito que regresara a palacio; tenía prisa por liberar al pintor, honrarlo y agradecer su trabajo que le había permitido comprender el poder y el significado de las dos líneas, una azul, otra amarilla, que simbolizaban los dos dragones.

El tapiz fue colocado de nuevo en la sala del trono y todo el mundo pudo ver que era el más bello de los conocidos hasta el momento.

¡Quién la sigue la consigue!

***P*ERSEVERANCIA**. Acción y efecto de perseverar, de mantenerse constante en la prosecución de lo comenzado, en una actitud o en una opinión.

Una persona perseverante:

- ✔ es constante en su empeño de hacer o conseguir algo
- ✔ es obstinada hasta que alcanza su objetivo
- ✔ se mantiene firme en sus opiniones y su manera de hacer las cosas

Sabías Que...

Cuenta el fabulista griego Esopo que una tortuga, cansada de las burlas de una liebre, la retó a una carrera. La liebre aceptó encantada, convencida de que ganaría a la lenta tortuga. El día de la carrera, la liebre y la tortuga salieron de la meta al mismo tiempo. La tortuga, constante y perseverante, no dejó de andar ni un solo momento. Sin embargo la liebre, que era veloz como el viento, se detuvo a descansar en varias ocasiones y... ¡perdió la carrera!

¿*S*ABES CUÁL ES EL CONTRARIO DEL PERSEVERANTE? ¡El inconstante!

Reflexiona

¿Te esfuerzas para mejorar las relaciones con aquellas personas que crees que no te caen bien del todo? ¿Tiendes a escoger lo que te resulta más fácil y cómodo? El perseverante tiene la facultad de no cejar en su empeño, a pesar de las dificultades que se presentan en el camino. Sabe que debe ser constante, trabajar y esperar. La perseverancia es básica para alcanzar el éxito en cualquier ámbito.

¡PIENSA... en los años de esfuerzo y preparación que necesita cualquier deportista para conseguir subir al podio en una competición. Por ejemplo el ganador del Tour de Francia 2008, Carlos Sastre ha formado parte de un equipo como profesional durante diez años antes de conseguir «el sueño que tenía desde pequeño».

...Y ACTÚA! Los problemas no deben desalentarte a seguir adelante con tus proyectos. No te conformes con lo fácil. Activa tu fuerza de voluntad e imponte una disciplina. Y no olvides que ¡está permitido caerse, pero es obligatorio levantarse!

Si una persona es perseverante, aunque sea dura de entendimiento, se hará inteligente, y aunque sea débil se hará fuerte.

(Leonardo da Vinci, artista, inventor, arquitecto italiano)

Convivencia

La sopa de piedra

Cuento popular del Sahara

Un viajero atravesaba el desierto. Anduvo todo el día y, cuando vio unas tiendas a lo lejos, se dirigió a ellas con la intención de pedir refugio para pasar la noche. Era muy pobre y sentía no poder ofrecer ningún obsequio.

Mientras pensaba en ello, tropezó con una piedra. La miró y se le ocurrió una idea. La recogió, la limpió bien y se la guardó en la bolsa.

Se presentó en la primera tienda y pidió si podía pasar la noche allí.

—Siento no poder ofreceros nada más que esta piedra para añadir a la olla —dijo al ver a la mujer que acercaba al fuego una gran olla llena de agua—, pero lo cierto es que hace una sopa deliciosa.

—Nos irá bien, porque mi hijo ha salido a cazar y todavía no ha vuelto y no nos quedan más que estas dos patatas arrugadas.

—¡Alabado sea Alá! —se asomaron los ocupantes de la tienda vecina—. Traemos té y un par de zanahorias.

—¡Pasad, pasad! Y serviros té —dijo un anciano sentado en un extremo—. Ha llegado un viajero que nos invita a una deliciosa sopa de piedra.

Las mujeres pelaron las zanahorias y las añadieron a la olla. Cuando el agua empezó a hervir, la vecina dijo:

—Un poco de tomillo no le iría mal. Voy a buscarlo a la tienda.

Al salir, encontró a otra mujer del campamento que venía de buscar agua con sus dos hijas.

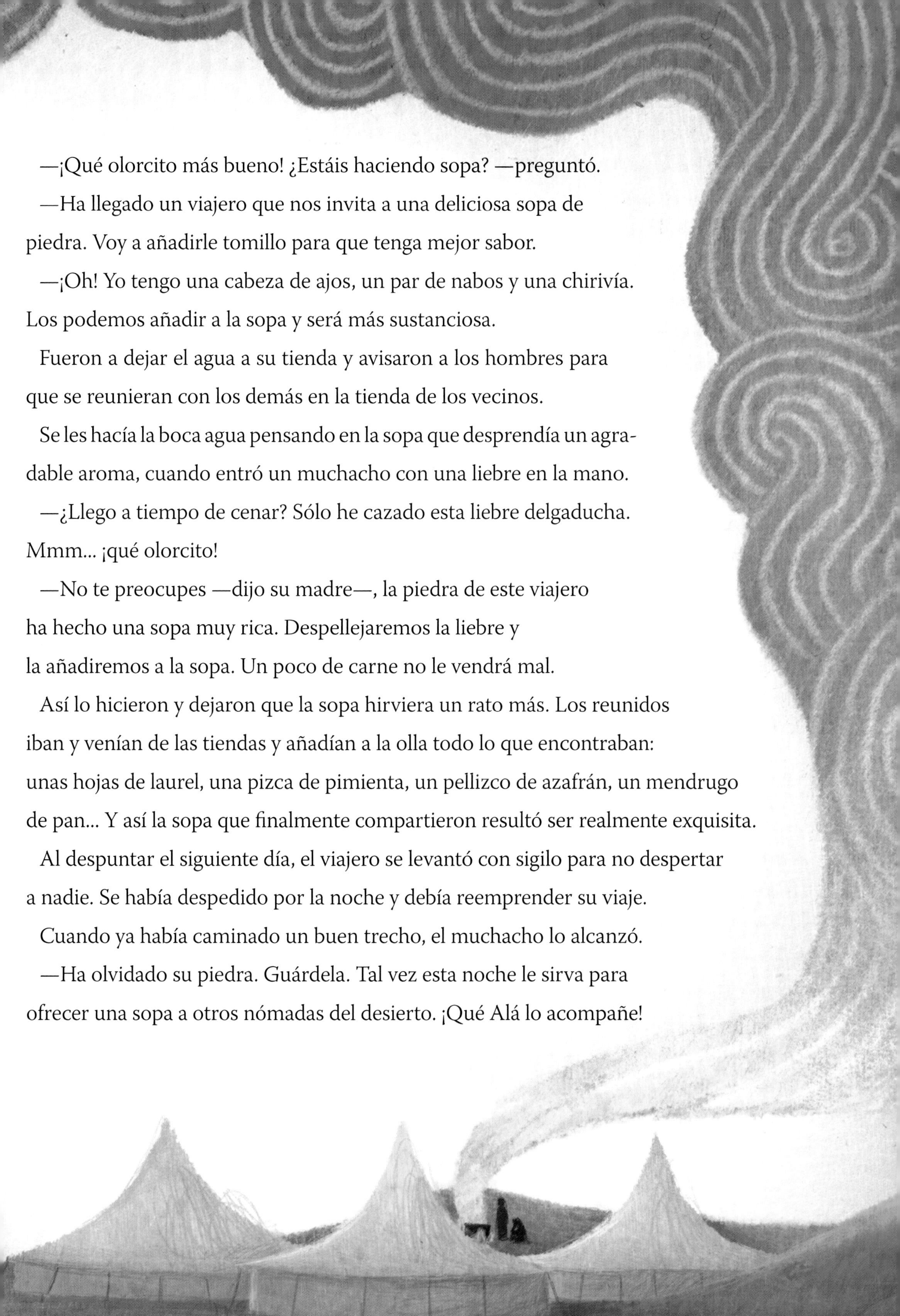

—¡Qué olorcito más bueno! ¿Estáis haciendo sopa? —preguntó.

—Ha llegado un viajero que nos invita a una deliciosa sopa de piedra. Voy a añadirle tomillo para que tenga mejor sabor.

—¡Oh! Yo tengo una cabeza de ajos, un par de nabos y una chirivía. Los podemos añadir a la sopa y será más sustanciosa.

Fueron a dejar el agua a su tienda y avisaron a los hombres para que se reunieran con los demás en la tienda de los vecinos.

Se les hacía la boca agua pensando en la sopa que desprendía un agradable aroma, cuando entró un muchacho con una liebre en la mano.

—¿Llego a tiempo de cenar? Sólo he cazado esta liebre delgaducha. Mmm... ¡qué olorcito!

—No te preocupes —dijo su madre—, la piedra de este viajero ha hecho una sopa muy rica. Despellejaremos la liebre y la añadiremos a la sopa. Un poco de carne no le vendrá mal.

Así lo hicieron y dejaron que la sopa hirviera un rato más. Los reunidos iban y venían de las tiendas y añadían a la olla todo lo que encontraban: unas hojas de laurel, una pizca de pimienta, un pellizco de azafrán, un mendrugo de pan... Y así la sopa que finalmente compartieron resultó ser realmente exquisita.

Al despuntar el siguiente día, el viajero se levantó con sigilo para no despertar a nadie. Se había despedido por la noche y debía reemprender su viaje.

Cuando ya había caminado un buen trecho, el muchacho lo alcanzó.

—Ha olvidado su piedra. Guárdela. Tal vez esta noche le sirva para ofrecer una sopa a otros nómadas del desierto. ¡Qué Alá lo acompañe!

El arte de vivir con los demás

CONVIVENCIA. Es la acción de convivir. Es decir, vivir en compañía de otros seres humanos.

Sabías Que...

Los hombres primitivos pronto se dieron cuenta de que la mejor manera para subsistir y sobrevivir era agrupándose. Por esta razón se crearon los primeros núcleos formados por varias familias.

Además la necesidad que siempre han tenido los seres humanos de comunicarse unos con otros ha hecho que vivan en países, ciudades, pueblos, aldeas o pequeñas comunidades. De esta forma, las personas se ayudan, trabajan juntas, comparten emociones y tristezas, buscan soluciones, se hacen favores y un sinfín de cosas más que, actuando solas, no podrían realizar.

La convivencia hace que las personas:

- ✔ compartan y charlen
- ✔ dialoguen y respeten
- ✔ intercambien y colaboren

¿SABES QUE UNO DE LOS SINÓNIMOS DE CONVIVIR ES Compartir?

Reflexiona

¿Sabes relacionarte con los demás? ¿Respetas las opiniones y la manera de actuar de otras personas? ¿Colaboras en las distintas tareas domésticas?

Los individuos vivimos en comunidad y, por tanto, es necesario que prevalezca el respeto entre todos. En la escuela, en la calle, en el trabajo, en el centro comercial, en casa… hay miles de personas con las cuales hay que aprender a relacionarse y a convivir. Debes tener en cuenta que, para lograr una buena convivencia, hay que desarrollar la capacidad de diálogo y comprensión, saber respetar los espacios de cada persona y no olvidar que la libertad de uno mismo termina donde empieza la libertad del otro.

¡PIENSA… En los niños maltratados por sus compañeros, en las personas con dificultades económicas o sociales, en el deterioro de nuestro entorno.

…Y ACTÚA! Eres un ciudadano del mundo y debes respetar los derechos y libertades de todos y las normas de convivencia de la comunidad en la que vives.

Hemos aprendido a volar como los pájaros y a nadar como los peces, pero no hemos aprendido el sencillo arte de vivir juntos como humanos.

(Martin Luther King, reverendo y activista del Movimiento por los Derechos Civiles en Estados Unidos)

Paciencia

El pequeño corzo

Cuento popular español

Dos hermanos huérfanos vivían con una madrastra que no los quería. Un día, el niño dijo que se marchaba de casa. La hermana lloró, pero no quería separarse de él y decidió acompañarlo.

La madrastra entonces hechizó tres fuentes que había a lo largo del camino para que siguieran a los niños y los convertieran en animales.

Los hermanos anduvieron toda la mañana y al ver una fuente se disponían a beber, pero la niña oyó:

—Si bebes esta agua, te conviertes en león.

Advirtió a su hermano y aguantaron la sed hasta encontrar otra fuente.

Se acercaron a la segunda fuente y la niña oyó:

—Si bebes esta agua, te conviertes en lobo.

Avisó a su hermano, que tampoco bebió. Siguieron caminando y al llegar a la tercera fuente, la niña oyó:

—Si bebes esta agua, te conviertes en corzo.

No pudo avisar a su hermano que se había abalanzado a beber y ya se había convertido en corzo.

La niña temía que su hermano la abandonara, pero el corzo se acercó a ella:

—Hermanita —dijo—, yo te cuidaré.

Siguieron adelante y entraron en un bosque. Al anochecer, llegaron ante una casita abandonada. Pasaron allí la noche y al día siguiente, el corzo propuso que se quedaran a vivir en ella.

El castillo del rey se encontraba cerca del bosque y el rey era aficionado a la caza. Una mañana, el corzo llegó corriendo a la casita, gritando:

—Hermanita, abre. Me persigue un cazador.

Era un criado del rey y estaba tan cerca que oyó las palabras del corzo y corrió a contárselo a su señor.

A la mañana siguiente, el rey se escondió cerca de la casita para comprobarlo por sí mismo.

Vio que el corzo llamaba a la puerta de la casita y decía:

—Hermanita, ábreme. Traigo bayas y frutas.

El rey, asombrado, decidió enterarse de lo que pasaba y al día siguiente, cuando el corzo estaba en el bosque, llamó a la casita, imitando su voz. La niña abrió y al ver que no era su hermano, rompió a llorar desconsolada.

—No llores, niña —dijo el rey—, te llevaré a mi palacio y tendrás todo lo que desees.

—¿Y qué será de mi hermano? —preguntó ella.

—Vendrá con nosotros y se quedará en los jardines. Podrás verlo siempre que quieras.

A partir de entonces, los dos hermanos vivieron felices en el palacio del rey. Pasó el tiempo y el rey, quien estaba enamorado, pidió a la niña que se casara con él. Ella se había convertido en una hermosa joven y aceptó encantada.

Al cabo de un año tuvieron un hijo y entonces la madrastra se enteró de que los dos hermanos no habían muerto.

Tenía una hija de la edad de la reina y se presentó en palacio con ella haciéndose pasar por niñera y a su hija, por doncella. Las llevaron a la habitación de la reina y la madrastra la hechizó y en su lugar puso a su hija. Pero el hechizo tenía una condición: la reina aparecería durante tres noches consecutivas para despedirse de su bebé.

La primera noche, apareció vestida de blanco, seguida por el corzo, y tomando al bebé en brazos, dijo:

—¡Hijo mío, hermano mío! Mañana por la noche vendré y cuidaré de vosotros.

El criado que siempre acompañaba al rey, vio que el corzo entraba en palacio, lo siguió y lo oyó todo. Sin perder tiempo, fue a contárselo al rey.

La noche siguiente, el rey y el criado se escondieron cerca de la habitación de la reina. Al filo de la medianoche, apareció la reina vestida de blanco, seguida por el corzo, y tomando al bebé en brazos, dijo:

—¡Hijo mío, hermano mío! Mañana por la noche vendré a despedirme de vosotros y desapareceré para siempre.

El rey estaba furioso pero esperó pacientemente la llegada de la noche. Se apostó junto a la puerta y, cuando la reina se disponía a desaparecer, la abrazó con todas sus fuerzas y el hechizo se deshizo, la reina recobró su forma habitual y el corzo recuperó la forma humana.

El rey mandó encarcelar a la madrastra y a su hija en un lugar muy alejado e hizo construir una casa en los jardines del palacio para que el hermano de la reina pudiera vivir cerca de ellos.

Cultiva la paciencia

PACIENCIA. Capacidad de padecer y soportar algo sin alterarse; capacidad para hacer cosas pesadas y minuciosas; facultad de saber esperar cuando algo se desea mucho.

Sabías Que...

El matemático y físico inglés Sir Isaac Newton, en cierta ocasión declaró que, si los descubrimientos que había hecho se consideraban muy valiosos, se debía más a la paciencia que había tenido que a cualquier otro talento.

Los descubrimientos científicos son el ejemplo perfecto para ilustrar el significado del valor de la paciencia. Cualquier científico que trabaje, por ejemplo, en la búsqueda de una vacuna que pueda curar una determinada enfermedad, puede pasar años investigando en un laboratorio.

La persona paciente:

- ✔ se toma las cosas con calma
- ✔ procura no dejarse llevar por los impulsos
- ✔ es constante y sabe esperar

¿SABES CUÁL ES EL CONTRARIO DEL PACIENTE? ¡El impaciente!

Reflexiona

¿Te pones nervioso con facilidad? ¿Planificas tus trabajos teniendo en cuenta el tiempo y el esfuerzo que deberás emplear para obtener buenos resultados?
La paciencia y la constancia a menudo van de la mano. Una buena combinación de ambas te permitirá conseguir interesantes logros. La paciencia es una especie de fuerza interior que nos da coraje para aguantar muchas cosas y disfrutar del día a día. Siendo pacientes, se mejoran las relaciones con los demás y se logran los resultados deseados. ¡Fíjate en las laboriosas abejas!

¡PIENSA… En una enfermedad, en una retención de tráfico, en una visita inoportuna, en la espera en la consulta del médico...

…Y ACTÚA! Muéstrate tolerante con los compañeros más lentos o menos hábiles a la hora de hacer un trabajo escolar. En lugar de mostrar tu malhumor o impaciencia, enséñales la manera de hacer las cosas. ¡Verás cómo mejoran las relaciones!

La paciencia y el tiempo hacen más que la fuerza y la violencia.
(Jean de la Fontaine, escritor y poeta francés)

Responsabilidad

La gallina de colores

Cuento popular chino

La abuela de Fan-fan compró una gallina de colores y la regaló a su nieta pidiéndole que cuidara de ella con la promesa de que podría comer todos los huevos que la gallina pusiera. Fan-fan era muy responsable y cada mañana la llevaba a un campo cercano para que picoteara granos e insectos.

Poco a poco, la gallina de Fan-fan creció hasta que un buen día puso su primer huevo sobre el nido de paja que le había preparado la niña.

Así fueron pasando los días, y una mañana la abuela le dijo a Fan-fan:

—Ahora que hemos recolectado el trigo, vamos a sembrar maíz. Me han pedido que vigile a los animales del corral para que no se coman las semillas. Lo siento, pero tendrás que encerrar la gallina en el corral hasta que el maíz esté crecido.

Así pues Fan-fan ayudó a su abuela a mantener alejados a los animales. La ayudaban sus amigos Siao-sing y Yuan-yuan.

Un día un grupo de gallos y gallinas consiguió entrar en uno de los campos. Yuan-yuan, al ver que no conseguía ahuyentarlos, empezó a echarles piedras con tal mala fortuna que una gallina de colores quedó tendida en el suelo, inmóvil.

—Solo teníamos que vigilar, no hacía falta matarla. ¿De quién es esta gallina? —preguntó Fan-fan.

—Del viejo de la aldea —dijo Siao-sing.

Yuan-yuan rompió a llorar.

—No llores, tengo una idea —dijo Fan-fan.

Corrió hacia el corral de su casa y agarró a su gallina de colores que estaba poniendo un huevo. Al verla, la abuela preguntó qué pasaba.

—Una gallina se ha escapado y... comía brotes de maíz y... alguien ha tirado una piedra y... está muerta.

—¿Se la has tirado tú?

Fan-fan calló un momento y después dijo:

—Regalaré mi gallina al anciano del pueblo.

—¿Sabes que si la regalas no podrás comer más huevos? –dijo la abuela.

—Sí.

—Haces bien.

Al llegar a casa del anciano, Fan-fan vio que éste tiraba de las orejas a Yuan-yuan que también llevaba una gallina en brazos.

—Suelte a Yuan-yuan, su gallina ha muerto por mi culpa —y dejó su gallina en brazos del anciano.

—¡No, no! —exclamó Yuan-yuan—. Tome mi gallina, pues la culpa ha sido mía.

El anciano soltó una carcajada y dijo:

—¡Basta! Mi gallina está herida y se curará. Vosotros habéis hecho vuestro trabajo lo mejor que habéis podido.

—Pero yo... —balbuceó Yuan-yuan.

—Yo... —lo interrumpió Fan-fan.

—No —insistió el anciano—. Yo debía mantener el corral cerrado para que no se escaparan. La culpa es mía.

Fan-fan y Yuan-yuan se miraron y sonrieron aliviados.

¡Sé sensato!

***R*ESPONSABILIDAD**. Es la cualidad de ser responsable, de la persona que cumple con sus obligaciones.

Sabías Que...

Al nacer no tienes ninguna responsabilidad. A medida que vas creciendo, empiezas a ser consciente de que eres responsable de pequeñas cosas. Por ejemplo, durante los primeros años de vida, tus únicas responsabilidades son las de guardar tus juguetes y cuentos en el lugar que les corresponda, comer, acostarte a la hora que toca, ayudar a papá y mamá en las tareas domésticas. Pero a medida que te haces mayor, las responsabilidades adquieren más importancia. Así, además de aprender a ser responsable de ti mismo, también adquieres el sentido de la responsabilidad hacia los demás.

Una persona responsable:

- ✔ sabe cuando debe intervenir o no en un asunto
- ✔ suele ayudar a los demás
- ✔ es capaz de decidir por sí sola

¿*S*ABES CUÁL ES EL CONTRARIO DEL RESPONSABLE? ¡El irresponsable!

Reflexiona

¿Alguna vez tus padres te han dejado al cargo de un hermano más pequeño? ¿Cuidas de tu mascota? ¿Sabes asumir las consecuencias de tus errores?

La responsabilidad es un valor que no es innato, se aprende desde los primeros años de vida. Ser responsable conlleva acudir a la escuela cada día, respetar a tus semejantes, colaborar en las tareas de casa, cumplir las leyes y las normativas, tomar decisiones importantes, saber comprometerse, ayudar, colaborar, escuchar a los demás, ser educado, etc.

Es cierto que hay personas poco responsables. Pero si todos hiciéramos un esfuerzo para asumir nuestras responsabilidades, ¡seguro que el mundo funcionaría mucho mejor!

¡PIENSA… ¿Qué ocurriría si no fueses responsable de todos esos pequeños quehaceres cotidianos?

…Y ACTÚA! No bajes la guardia. Ser responsable es una tarea que debes cultivar cada día. Sin responsabilidad, jamás serás un buen ciudadano del mundo.

La libertad significa responsabilidad.

(George Bernard Shaw, escritor irlandés)

Fin